© 1993 Richard Scarry.
Publié au Canada avec l'autorisation
des Livres du Dragon d'Or, France.
Traduction d'Anne-Marie Dalmais.
Imprimé en Italie.
ISBN 2-89393-299-1.

Histoires Bonjour-Bonsoir de Richard Scarry
Un voyage mouvementé

Phidal

Asticot et la famille Chat partent en vacances au bord
de la mer. C'est un long voyage. Ils dormiront dans
le train. Un taxi les conduit à la gare.

Sur le quai, ils rencontrent Hilda. Elle pleure.
– Que se passe-t-il, Hilda ? demande Papa Chat.

– Je ne retrouve pas mon billet ! gémit Hilda.
Si je n'ai pas de billet, le contrôleur ne me
laissera pas monter. Mes vacances sont gâchées !

Cassis aperçoit un petit morceau de papier à côté
du pied de Hilda.
– N'est-ce pas votre billet ? demande-t-il.

– Oh ! merci, Cassis ! s'exclame Hilda.
Il a dû tomber de mon porte-monnaie.

Le contrôleur conduit Hilda à son compartiment.
Il lui montre la lumière, le lavabo et la sonnette d'alarme.
– Mais, dit-il, ne touchez jamais à la sonnette d'alarme,
sauf en cas d'urgence.

Ensuite, le contrôleur conduit la famille Chat à son
compartiment. Cassis et Asticot choisissent la
couchette supérieure.
Le chef de gare donne le signal du départ et le train
quitte Tourneville.

Une cloche sonne
dans le couloir.

Le contrôleur annonce que le dîner est servi.
La famille Chat se dirige vers le wagon-restaurant
et s'installe à une table.

AAAAH !
Un hurlement retentit derrière la porte
du wagon-restaurant. Hilda est coincée dans le
soufflet, entre deux voitures !

Le contrôleur se précipite vers
la porte et fait entrer Hilda.
Elle s'assied à une table.

– C'est amusant de dîner en regardant le paysage
qui défile ! remarque Cassis.
Le serveur apporte une soupière. Il essaie de garder
son équilibre...

Mais, FLOC ! la soupe atterrit sur la robe de Hilda.
– AAAAH ! hurle Hilda, ma robe toute neuve !
En larmes, elle se sauve vers son compartiment.

Une fois le dîner terminé, la famille Chat rentre dans
son compartiment.
Mais voilà Hilda qui pleure dans le couloir.

– Que se passe-t-il maintenant ? demande Papa Chat.
– C'est épouvantable ! crie Hilda. Il y a quelqu'un
dans mon compartiment.

Papa Chat s'approche de la porte. À ce moment,
le contrôleur sort du compartiment...
– Mademoiselle Hilda, dit-il, votre couchette est prête
pour la nuit.

La famille Chat se prépare à dormir. Chacun se brosse
les dents avant de se coucher.

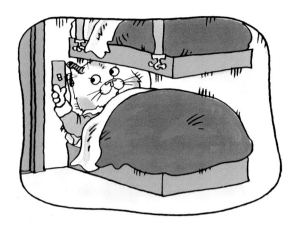

– Quel voyage amusant !
dit Papa Chat en éteignant
la lumière.

AAAAH !
La famille Chat entend
un hurlement familier.

SCRIIICHCH !
Le train grince de tous
ses freins.

BOUM ! BADABOUM !
Les valises de la famille Chat
dégringolent. Le train s'est
arrêté d'un seul coup.

Le contrôleur, le conducteur et Papa Chat
se précipitent vers le compartiment de Hilda pour voir
ce qui se passe.

– C'est affreux ! hurle Hilda. Aidez-moi ! Ma boucle
d'oreille est tombée au fond du lavabo.

Le contrôleur regarde dans le lavabo.
Il essaie d'attraper la boucle d'oreille, mais le trou
est trop étroit.
Alors le conducteur essaie de la retirer avec son
tournevis. Sans succès, hélas !

Asticot et Cassis s'approchent
de Papa Chat.
– J'ai une idée ! dit Asticot,
et il lui chuchote
quelques mots à l'oreille.

Puis Asticot se poste sur le bord du lavabo.
Papa Chat tient le chapeau d'Asticot
et Cassis se cramponne à son pied.

Asticot prend une grande inspiration et plonge
dans le tuyau.
Au bout de quelques instants, il tortille son pied pour
avertir Cassis, et Cassis, ho-hisse ! le sort du tuyau.

La boucle d'oreille de Hilda brille dans la bouche
d'Asticot.
– Bravo, Asticot ! Bravo, Cassis ! s'écrie Hilda.
Elle embrasse bien fort Asticot.
Et tout le monde se souhaite une bonne nuit.

Le train se remet à rouler sans problème vers le bord
de la mer.
Hilda passe des vacances merveilleuses.
La famille Chat aussi !